Les Rythmes souverains

Émile Verhaeren

Edition : Culturea (culurea.fr), 34 Hérault
Contact : infos@culturea.fr
Impression : BOD, Norderstedt (Allemagne)
ISBN : 9791041976751
Date de publication : juillet 2023
Mise en page et maquettage : https://reedsy.com/
Cet ouvrage a été composé avec la police Bauer Bodoni

LES RYTHMES SOUVERAINS

LE PARADIS

I

Des buissons lumineux fusaient comme des gerbes;
Mille insectes, tels des prismes, vibraient dans l'air;
Le vent jouait avec l'ombre des lilas clairs,
Sur le tissu des eaux et les nappes de l'herbe.
Un lion se couchait sous des branches en fleurs;
Le daim flexible errait là-bas, près des panthères;
Et les paons déployaient des faisceaux de lueurs
Parmi les phlox en feu et les lys de lumière.
Dieu seul régnait sur terre et seul régnait aux cieux.
Adam vivait, captif en des chaînes divines;
Eve écoutait le chant menu des sources fines,
Le sourire du monde habitait ses beaux yeux;
Un archange tranquille et pur veillait sur elle
Et, chaque soir, quand se dardaient,là-haut, les ors,
Pour que la nuit fût douce au repos de son corps,
L'archange endormait Eve au creux de sa grande aile.

Avec de la rosée au vallon de ses seins,
Elle se réveillait, candidement, dans l'aube;
Et l'archange séchait aux clartés de sa robe
Les longs cheveux dont Eve avait empli sa main.
L'ombre se déliait de l'étreinte des roses
Qui sommeillaient encore et s'inclinaient là-bas;
Et le couple montait vers les apothéoses
Que le jardin sacré dressait devant ses pas.
Comme hier, comme toujours, les bêtes familières
Avec le frais soleil dormaient sur les gazons;
Les insectes brillaient à la pointe des pierres
Et les paons lumineux rouaient aux horizons;
Les tigres clairs,auprès des fleurs simples et douces,
Sans les blesser jamais, posaient leurs mufles roux;
Et les bonds des chevreuils,dans l'herbe et sur la mousse,
S'entremêlaient sous le regard des lions doux;
Rien n'avait dérangé les splendeurs de la veille:
C'était le même rythme unique et glorieux,
Le même ordre lucide et la même merveille
Et la même présence immuable de Dieu.

II

Pourtant, après des ans et puis des ans, un jour,
Eve sentit son âme impatiente et lasse
D'être à jamais la fleur sans sève et sans amour
D'un torride bonheur, monotone et tenace;
Aux cieux; planait encor l'orageuse menace
Quand le désir lui vint d'en éprouver l'éclair.
Un large et doux frisson glissa dès lors sur elle
Et, pour le ressentir jusqu'au fond de sa chair,
Eve, contre son cœur, serrait ses deux mains frêles.
L'archange, avec angoisse, interrogeait, la nuit,
Le brusque et violent réveil de la dormeuse
Et les gestes épars de son étrange ennui,
Mais Eve demeurait close et silencieuse.
Il consultait en vain les fleurs et les oiseaux
Qui vivaient avec elle au bord des sources nues,
Et le miroir fidèle et souterrain des eaux
D'où peut-être sourdait sa pensée inconnue.
Un soir, qu'il se penchait, avec des doigts pieux,
Doucement, lentement, pour lui fermer les yeux,
Eve bondit soudain hors de son aile immense.
Oh! l'heureuse, subite et féconde démence,
Que l'ange, avec son cœur trop pur, ne comprit pas.
Elle était loin qu'il lui tendait encor les bras
Tandis qu'elle levait déjà son corps sans voiles
Eperdûment, là-bas, vers des brasiers d'étoiles.

Adam la vit ainsi et tout son cœur trembla.
Jadis, quand, au soir descendant, ses courses
De marcheur solitaire erraient par là,
Joueuse, il l'avait vue au bord des sources
Vouloir, en ses deux mains, saisir
Les bulles d'eau fugaces

Que les sables du fond lançaient vers la surface;
Il l'avait vue encor ardente au seul plaisir
De ployer vers le sol, avec des doigts agiles.
Les brins d'herbe légers
Et d'y regarder luire et tout à coup bouger
Les insectes fragiles;
Eve n'était alors qu'un bel enfant distrait
Quand lui, l'homme, cherchait déjà quelqu'autre vie
Non asservie
Là-bas, au loin, parmi les monts et les forêts.
Eve voulait aimer, Adam voulait connaître;
Et de la voir ainsi, vers l'ombre et la splendeur,

Tendue, il devina soudain quel nouvel être
Eve, à son tour, sentait naître et battre en son cœur.

Il s'approcha, ardent et gauche, avec la crainte
D'effaroucher ces yeux dans leur songe perdus;
Des grappes de parfums tombaient des térébinthes
Et le sol était chaud de parfums répandus.

Il hésitait et s'attardait quand la belle Eve,
Avec un geste fier, s'empara de ses mains,
Les baisa longuement, lentement, comme en rêve,
Et doucement glissa leur douceur sur ses seins.

Jusqu'au fond de sa chair s'étendit leur brûlure.
Sa bouche avait trouvé la bouche où s'embraser.
Et ses doigts épandaient sa grande chevelure
Sur la nombreuse ardeur de leurs premiers baisers.

Ils s'étaient tous les deux couchés près des fontaines
Où comme seuls témoins ne luisaient que leurs yeux.
Adam sentait sa force inconnue et soudaine
Croître, sous un émoi brusque et délicieux.

Le corps d'Eve cachait de profondes retraites
Douces comme la mousse au vent tiède du jour;
Et les gazons foulés et les gerbes défaites
Se laissaient écraser sous leur mouvant amour.

Et quand le spasme enfin sauta de leur poitrine
Et les retint broyés entre leurs bras raidis,
Toute la grande nuit amoureuse et féline
Fit plus douce sa brise au cœur du paradis.

Soudain
Un nuage d'abord lointain,
Mais dont se déchaînait le tournoyant vertige
Au point de n'être plus que terreur et prodige,
Bondit de l'horizon au travers de la nuit.
Adam releva Eve et serra contre lui
Le pâle et doux effroi de sa chair frissonnante.
Le nuage approchait, livide et sulfureux,
Il était débordant de menaces tonnantes
Et tout à coup, au ras du sol, devant leurs yeux,
A l'endroit même où les herbes sauvages
Etaient chaudes encor
D'avoir été la couche où s'aimèrent leurs corps,
Toute la rage
Du formidable et ténébreux nuage

Mordit.

Et dans l'ombre la voix du Seigneur s'entendit.
Des feux sortaient des fleurs et des buissons nocturnes;
Au détour des sentiers profonds et taciturnes,
L'épée entre leurs mains, les anges flamboyaient;
On entendait rugir des lions vers les astres;
Des cris d'aigle hélaient la mort et ses désastres;
Tous les palmiers géants, au bord des lacs, ployaient
Sous le même vent dur de colère et de haine,
Qui s'acharnait sur Eve et sur Adam, là-bas,
Et dans l'immense nuit précipitait leurs pas
Vers les mondes nouveaux de la ferveur humaine.

L'ordre divin et primitif n'existait plus.
Tout un autre univers se dégageait de l'ombre
Où des rythmes nouveaux encore irrésolus
Entremêlaient leur force et leurs ondes sans nombre.
Vous les sentiez courir en vous, grands bois vermeils,
Tumultueux de vent ou calmes de rosée,
Et toi, montagne, et vous, neiges cristallisées,
Là-haut, en des palais de gel et de soleil
Et toi, sol bienveillant aux fruits, aux fleurs, aux graines,
Et toi, clarté chantante et douce des fontaines,
Et vous, minéraux froids, subtils et ténébreux,
Et vous, astres mêlés au tournoiement des cieux,
Et toi, fleuve jeté aux flots océaniques,
Et toi, le temps, et vous, l'espace et l'infini,
Et vous enfin, cerveaux d'Eve et d'Adam, unis
Pour la vie innombrable et pour la mort unique.

L'homme sentit bientôt comme un multiple aimant
Solliciter sa force et la mêler aux choses;
Il devinait les buts, il soupçonnait les causes
Et les mots s'exaltaient sur ses lèvres d'amant;
Son cœur naïf, sans le vouloir, aima la terre
Et l'eau obéissante et l'arbre autoritaire
Et les feux jaillissants des cailloux fracassés.
Les fruits tentaient sa bouche avec leurs ors placides
Et les raisins broyés des grappes translucides
Illuminaient sa soif avant de l'apaiser.
Et la chasse et la lutte et les bêtes hurlantes
Eveillèrent l'adresse endormie en ses mains,
Et l'orgueil le dota de forces violentes
Pour que lui-même, un jour, bâtit seul son destin.

Et la femme, plus belle encor depuis que l'homme
Avait ému sa chair du frisson merveilleux,

Vivait dans les bois d'or baignés d'aube et d'arômes
Avec tout l'avenir dans les pleurs de ses yeux.
C'est en elle que s'éveilla la première âme
Faite de force douce et de trouble inconnu,
A l'heure où tout son cœur se répandait en flammes
Sur le germe d'enfant que serrait son flanc nu.
Le soir, lorsque le jour dans la gloire s'achève
Et que luisent les pieds des troncs dans les forêts,
Elle étendait son corps déjà plein de son rêve
Sur les pentes des rocs que le couchant dorait;
Ses beaux seins soulevés faisaient deux ombres rondes
Sur sa peau frémissante et claire ainsi que l'eau,
Et le soleil frôlant toute sa chair féconde
Semblait mûrir ainsi tout le monde nouveau.
Elle songeait, vaillante et grave, ardente et lente,
Au sort humain multiplié par son amour,
A la volonté belle, énorme et violente
Qui dompterait la terre et ses forces un jour.
Vous lui apparaissiez, vous, les douleurs sacrées,
Et vous, les désespoirs, et vous, les maux profonds,
Et d'avance la grande Eve transfigurée
Prit vos mains en ses mains et vous baisa le front;
Mais vous aussi, grandeur, folie, audace humaines,
Vous exaltiez son cœur pour en chasser le deuil,
Et vos transports naissants et vos ardeurs soudaines
Lui prédirent quels bonds soulèveraient l'orgueil;
Elle espérait en vous, recherches et pensées,
Acharnement de vivre et de vouloir le mieux
Dans la peine vaillante et la joie angoissée,
Si bien que, s'en allant un soir sous le ciel bleu,
Libre et belle, par un chemin de mousses vertes,
Elle aperçut le seuil du paradis, là-bas:
L'ange était accueillant, la porte était ouverte;
Mais, détournant la tête, elle n'y rentra pas.

HERCULE

Que faire désormais pour se grandir encore?

Hélas! depuis quels temps
Avait-il fatigué les soirs et les aurores.
Hélas! depuis quels temps,
Depuis quels temps de tumulte et d'effroi
Avait-il fatigué les marais et les bois,
Les monts silencieux et les grèves sonores
Du bruit terrible et persistant
De ses exploits?

Bien que son cœur brûlât comme autrefois son torse,
Parfois il lui semblait que s'éteignait sa force;
Tant de héros plus prompts et plus jeunes que lui
Avaient de leurs travaux illuminé la nuit.

Et jour à jour, ses pas sonnaient plus solitaires
Même en retentissant jusqu'au bout de la terre.

Lentement le soleil vers le Zénith monta,
Et, depuis cet instant jusques au crépuscule,
L'Œta
Put voir, marcher et s'arrêter sans but, Hercule.
Il hésitait
Devant les routes,
Allait et revenait et s'emportait
Pour tout à coup se recueillir comme aux écoutes;
Son esprit s'embrouillait à voir trop de chemins
Trouer les bois, couper les plaines;
La colère mauvaise enflamma son haleine,
L'impatience entra dans ses doigts et ses mains,
Et, brusquement, courant vers la forêt prochaine,
Avec des rauquements sauvages dans la voix,
Il renversa comme autrefois
Les chênes.
Son geste fut si prompt qu'il ne le comprit pas.

Mais quand sa rage, enfin calmée et assouvie,
Lui permit de revoir en un éclair sa vie
Et sa terrible enfance et ses puissants ébats,
Alors qu'il arrachait, par simple jeu, des arbres,
Ses bras devinrent lourds comme des bras de marbre
Tandis qu'il lui semblait
Entendre autour de lui mille rires bruire
Et les échos cruels et saccadés lui dire

Qu'il se recommençait.

Une sueur de honte inonda son front blême
Et le désir lui vint de s'outrager soi-même
En s'entêtant,
Stupidement,
Comme un enfant,
Dans sa folie;
Et devant le soleil dont la gloire accomplie
De cime en cime, à cette heure, se retirait,
On vit le large Hercule envahir les forêts,
En saccager le sol, en arracher les chênes
Et les rouler et les jeter du haut des monts
Dans un fracas confus et de heurts et de bonds
Jusques aux plaines.

L'amas des arbres morts emplit tout le vallon;
Hercule en regardait les fûts saignants et sombres
Faire à leur tour comme une montagne dans l'ombre,
Et les oiseaux dont il avait broyé les nids
Voler éperdûment en criant dans la nuit.

L'heure de cendre et d'or où l'immensité noire
Allume au firmament ses astres et ses gloires
Survint tranquillement
Sans que sa large paix calmât l'esprit dément
Et les rages d'Hercule;
Ses yeux restaient hagards et ses pas somnambules.

Soudain il jalousa le ciel et ses flambeaux;
L'extravagance folle entra dans sa pensée,
Si bien qu'il s'arrêta à cette œuvre insensée
D'allumer troncs, écorce, aubier, feuilles, rameaux
Dont l'énorme splendeur trouant la nuit stellaire
Irait dire là-haut
Qu'Hercule avait créé un astre sur la terre.

Rapidement
Sur l'innombrable entassement
Comme un vol sur la mer d'écumes et de lames
Passent les flammes;
Une lourde fumée enfle ses noirs remous;
Et les mousses et les écorces
Et l'emmêlement noir des brindilles retorses
Craquent ici, là-bas, plus loin, partout.
Le feu monte, grandit, se déchevèle, ondule,
Rugit et se propage et s'étire si fort

Qu'il frôle, avec ses langues d'or,
Hercule.
Le héros se raidit, sentant sa chair brûler.
Il se vainc, se retrouve et ne veut reculer;
Même pour étouffer la bête dans son antre,
Comme au temps qu'il était l'âpre justicier,
Il s'enfonce dans le brasier
Jusques au centre.
Son cœur est ferme et clair et ses pas sont légers;
D'un bond, il est là-haut et domine les flammes.
Il est rapide et fort: il confronte son âme
Avec le plus urgent et le plus fol danger
Et tandis que les feux battent à grands coups d'aile
Autour de son torse velu
Lui, le héros, comprend qu'il ne lui reste plus,
Pour entreprendre enfin une lutte nouvelle,
Qu'à conquérir sur un bûcher brasillant d'or
Sa mort.

Et sa voix chante:
«Vent rapide, nuit étoilée, ombre penchante,
Moment qui vole et fuit, heure qui va venir,
Souvenez-vous, attardez-vous,
Hercule est là qui vous célèbre et va mourir.

La gloire autour de moi vibra comme enflammée:
J'ai, dans mon sang, le sang du Lion de Némée;
L'Hydre, fléau d'Argos que Typhon engendra,
A laissé sa souplesse et sa rage en mes bras;
Je cours de plaine en grève à larges pas sonores
Ayant rythmé mes sauts sur les bonds des centaures;
J'ai déplacé des monts et changé les contours
Que les fleuves d'Ellis traçaient avec leur cours;
A coups de front buté contre sa large tête
Un taureau recula devant ma force, en Crète;
Stymphale a vu ma flèche ensanglanter ses eaux
Du trépas noir et monstrueux de ses oiseaux;
J'ai ramené vivant du fond des forêts mornes
Le cerf dont l'or et dont l'airain formaient les cornes;
Pour lui voler ses bœufs et tuer Géryon
J'ai battu les pays jusqu'au Septentrion;
J'assujettis sous les coups sourds de mon poing raide
Les chevaux carnassiers du sombre Diomède;
Pendant qu'Atlas s'en fut voler les fruits divins
Le monde entier, sans les ployer, chargea mes reins,
Ceinture ardente et plus belle qu'une couronne,

Je t'ai conquise aux flancs guerriers de l'Amazone
Et j'ai forcé Cerbère et ses têtes en feu
A lever les regards vers l'azur nu des Dieux.»

Soudain un bref sursaut de feux rampants et blêmes
Jaillit du bois tassé sous les pieds du héros
Et le brûla jusqu'en ses os,
Mais Hercule chantait quand même:
«Je sens mes bras, mes mains, mes doigts,
Mon dos compact, mon col musclé
Encor peuplés
Du rythme fou de mes exploits.
Au long des ans nombreux, ma force inassouvie
A si bien dévoré et absorbé la vie
Qu'à cette heure de feu je suis tout ce qui est:
Et l'orage des monts et le vent des forêts
Et le rugissement des bêtes dans les plaines.
J'ai versé dans mon cœur les passions humaines
Comme autant de torrents aux souterrains remous.
Joie et deuil, maux et biens, je vous ai connus tous.
Iole et Mégara, Déjanire et Omphale,
Mon martyre a fleuri sur vos chairs triomphales,
Mais si longue que fut mon errante douleur,
Jamais le sort mortel ne me dompta le cœur.
Je souffre en cet instant et chante dans les flammes;
L'allégresse bondit au tremplin de mon âme;
Je suis heureux, sauvage, immense et rayonnant,
Et maintenant,
Grâce à ce brasier d'or qui m'exalte et me tue,
Joyeusement je restitue
Aux bois, aux champs, aux flots, aux montagnes, aux mers,
Ce corps en qui s'écroule un morceau d'univers.»

Le bûcher tout entier brûla jusqu'à l'aurore;
Des pans de feux tombaient et montaient tour à tour,
A l'orient du large Œta grandit le jour
Et le héros chantait toujours,
Chantait encore.

PERSÉE

O plainte de la terre
Frappant la nuit, frappant le jour,
Frappant toujours
Quelque roc inflexible en un lieu solitaire!
Cri de douleur poussé tout au bout de la mer,
Là bas, dans l'île où nul vaisseau jamais n'accède,
O l'antique tourment, d'âge en âge souffert,
O pauvre, et lasse, et triste, et fatale Andromède!

Debout,
En face de l'écueil aux pointes ramassées,
Avec son front qui brille, avec son cœur qui bout,
Voici Persée.
Le soir se fait. Et le soleil, comme un témoin,
S'attarde, au bord des flots, sous un nuage sombre;
Et le héros s'angoisse, et regarde de loin
Le geste blanc d'un bras le supplier dans l'ombre.

Un ciel aux astres durs s'éclaire peu à peu.
Une lueur grandit les falaises de l'île
Et rampe sur le sol vers l'antre phosphoreux,
Où se tasse le corps écaillé d'un reptile.
L'eau est tonnerre, et gronde, et roule, et creuse, et mord
Et rejaillit en torrents fous au long des bords;
Des cailloux carriés flanquent un promontoire;
Des pointes de récifs coupent la vague noire;
Un volcan fume et jette au loin son feu d'effroi,
Tout est stérile, aigu, méchant, caché, sournois;
Qu'apparaisse une barque, et les vents et l'orage
D'un seul éclair la font sombrer en son naufrage.

Pourtant,
Pas un instant,
Malgré la mort hurlante, et partout hérissée,
Le désespoir n'entra dans l'âme de Persée.
Le lendemain au jour levant
Il vit un aigle aborder l'île:
Son large vol planait et ses ailes tranquilles
Semblaient bercer là-haut la lumière et le vent.
Oh! s'élancer, quitter le sol, gagner les nues!
Armer ses bras mouvants de forces inconnues!
Avec des pennes d'or, partir pour le soleil!
Crier, ivre de joie, au cœur de l'air vermeil,
Au-dessus des écueils creusés de vagues noires!

Persée était heureux et triomphant déjà
Quand soudain tournoya
Du fond de sa mémoire
La chute et le trépas
D'Icare.

L'antre s'ouvrait plus noir que le seuil du Tartare
Où le dragon traînait son corps flasque et vitreux.
Depuis les temps lointains il gardait Andromède
Et quelquefois son souffle envenimé, mais tiède,
Montait vers la splendeur du beau corps douloureux.
Et le héros frémit d'une rage stérile.

En vain rechercha-t-il sur le bord qu'il foulait
Quelque pointe se dirigeant si près de l'île
Et planant d'assez haut sur ses maigres galets,
Pour que d'un bond immense il pût franchir les vagues
Il ne rencontra rien en ses errances vagues.
Alors,
Son corps
Lui parut lourd comme une charge:
Ses pieds nerveux, ses jarrets durs, ses cuisses larges
Son dos, nourri de force et de clarté vêtu,
Et sa hanche incurvée et sa flexible échine,
Et les muscles bandés de sa haute poitrine,
Tout semblait morne et faible, et triste, et sans vertu
O ses membres pesants qui l'accablaient lui-même,
O leur rythme usuel qu'il lui fallait changer,
Dites, par quel effort ou par quel stratagème?

Sauts violents, essors légers,
Talons frappant le sol à travers la poussière;
Pieds suspendus, et frémissants, dans la lumière,
Elans de roc en roc, élans de mont en mont,
Vous nourrissiez la fougue errante de Persée
Sans lui donner pourtant, ni le vol, ni les bonds
Des aquilons:
Essais pauvres et vains, et travaux inutiles.

Il n'osait plus le soir se rapprocher de l'île;
Il avait honte, hélas! d'être celui
Qui ne réussit point à susciter en lui
L'exploit rapide et nécessaire;
Tout son être vibrait de mouvements contraires
Au rythme aérien, qu'il fallait inventer.

Il s'en allait au loin, d'un pas précipité,
Allait et s'en venait, pour s'en aller encore,
et de l'aurore au soir, et du soir à l'aurore,
Ici, là-bas, ailleurs, n'importe où, quelque part,
N'ayant pour compagnon furtif que le hasard.

Pégase!
Il le surprit, un jour, aux lisières d'un bois,
Foulant une herbe avare et rase.
Le héros fit un cri; puis suspendit sa voix,
Et ne vit rien, sinon, ouvertes au soleil,
Les ailes.
Mais déjà le coursier, frémissant et vermeil,
Dans un tourbillon d'or, d'écume et d'étincelles,
Avait quitté la terre et hennissait là-haut.
L'approcher, le saisir, le dompter: ô le rêve!
Et diriger soudain les lumineux sursauts,
Et les bonds dans le ciel, par-dessus mer et grève,
Jusque dans l'île où seuls abordent les oiseaux!

Ce fut un soir, dans un étang, parmi les vases,
Dont le coursier buvait le flot criblé de feux,
Que Persée aux aguets, d'un poing rude et nerveux,
Saisit Pégase.

Le cheval outragé se cabra brusque et droit;
Sa grande aile d'argent, en un effort tragique,
L'affranchit de la boue épaisse et léthargique,
Et ses reins révoltés rejetèrent leur poids.
Persée eut beau crisper ses doigts dans la crinière
Et resserrer les flancs dans l'étau des genoux,
Aucune entente encor secrète et familière
N'existait entre lui et le grand cheval roux.
Il chut, mais ressurgit soudain, des longues herbes
Et des souples roseaux au vent du soir bougeant,
Le front intact et franc, le corps ferme et superbe,
Et s'en alla, droit devant lui, mais en songeant
Qu'il lui faudrait d'abord étudier la force
Que le hasard avait mise sur son chemin,
En assouplir la fougue érigée et retorse
Pour la ployer, comme un arc dur, entre ses mains.

Aussi, le jour qu'il vit, sous la hêtrée épaisse,
Pégase, immense et las, au fond du bois dormir,

Rabaissa-t-il ses bras tendus pour le saisir,
Et son geste brutal se changea en caresse.
Il réveilla, tranquillement, le beau coursier,
Qui se sentit captif sous les branches baissées;
Mais dans l'ombre brillaient les yeux clairs de Persée
Avec de la douceur mêlée à leurs brasiers;
Et la bête se releva presque sans crainte,
Sur le pas du héros réglant déjà son pas
Et ne se sentant plus chevauchée et contrainte;
Quand la plaine s'ouvrit, elle ne s'enfuit pas.

Ce fut par un matin couronné de rosée,
Que Pégase épousa le désir de Persée.
D'abord pendant des jours et puis des jours encor
L'échange s'était fait des fluides de leurs corps
Pour grouper en faisceaux leurs mouvements contraires
Et tenter un départ qui serait un accord;
Le héros surveillait ses gestes volontaires,
Pégase obéissait doucement, lentement,
Certes rebelle au mors, certes rebelle aux rênes,
Mais ne se cabrant plus avec effarement
Dès qu'une main touchait sa croupe souveraine.
Puis lentement encor, et doucement toujours,
Avec le rythme aimé de quelques lentes phrases
Qu'il murmurait, disait ou chantait tour à tour,
On eût dit que Persée envahissait Pégase.
Les muscles et les nerfs du grand cheval ailé
Tressaillirent à ce chant clair et envolé
Comme lui-même, au loin, vers la haute lumière.
Et, cette fois, dans l'aube où s'entendait un los,
Avec le grand Persée érigé sur son dos,
Les quatre pieds volants du coursier d'or quittèrent
La terre.

SAINT JEAN

I

Lorsque Joseph d'Arimathie
Eut descendu le Christ raide, livide et froid,
Du sommet de la croix,
Et que la garde et que la foule étaient parties
Et que les monts et que les cieux,
Et que les eaux et que la terre,
Un instant remués par les vents et les feux,
Etaient redevenus silencieux
Et solitaires,
O le baiser de Jean sur le cœur de son Dieu!

Il était mort, cœur,
Avec sa lente et patiente douceur
Et son pardon profond et sa claire tendresse,
Et Jean dans un baiser les voulait recueillir
Pour que leur triple ardeur n'eût le temps de languir
Ni de mourir de sécheresse,
Pendant les trois longs jours
Que passerait au fond du tombeau lourd,
Avant que d'en renaître,
Le maître.

Oh! ces lèvres de Jean et leur baiser suprême
Dans le silence
A l'endroit même
Où s'enfonça le coup de lance!

Lorsqu'il eut reconduit Marie en sa maison,
Une première étoile ouvrit sa floraison,
Là-haut, dans le ciel de Judée,
Et Jean la regardait, dans l'azur vaste et clair,
Briller si pure et si chaste qu'elle avait l'air
D'être son âme élucidée.

La mauvaise fureur n'habitait plus en lui;
Il avait à jamais repoussé vers leur nuit
Le vieil orgueil et ses alarmes.
Il appelait sur soi les affronts déchaînés

Pour imiter son Dieu mourant—et pardonner
Très doucement, avec des larmes.

Il se faisait très faible et se sentait très fort.
Il recélait en lui le secret réconfort
De ceux qui dominent la vie
Non par la force droite et belle infiniment,
Mais par l'humble vouloir et par l'effacement
Et la douceur inassouvie.

II

Jérusalem dormait là-bas
Et Jean, de sente en sente, y dirigea son pas,
Songeant à Pierre
Qui sans doute pleurait quelque part sous les cieux
Cette faute plénière
D'avoir eu honte de son Dieu.
Près des palais romains dont brillaient les porphyres,
Pierre était gémissant et redoutait la nuit;
Et Jean lui prit les mains et s'assit près de lui
Et sanglota sans lui rien dire.
Mais son regard parlait et son cœur était doux,
Et soudain devant Pierre il se mit à genoux
Et supplia d'une voix haute
Comme s'il confessait au ciel sa propre faute.
Et Pierre étreignit Jean et tout à coup sentit
Le calme et la ferveur rentrer dans son esprit.

Et Jean partit bientôt du côté des tavernes
Songeant à Barrabas.

Des enfants demi-nus jouaient près des citernes;
Des chameliers bronzés cherchaient, ivres et las,
Comme à tâtons, de rue en rue, au fond des bouges,
Des femmes dont l'amour et la bouche étaient rouges.
Auprès d'elles, buvait et chantait le bandit.
Jean s'approcha sans peur et doucement lui dit:
«Frère, Jésus de Nazareth vers vous m'envoie
Pour que nos pas égaux le suivent dans sa voie.»
Barrabas répondit: «Vraiment, si je bois fort
C'est pour fêter gaîment et célébrer sa mort,
Et me moquer de lui quand les femmes m'écoutent.
J'ai le crime et le vol pour compagnons de route,
Et la fille qui s'offre aux détours des chemins;
Et le peuple assemblé n'a point peur de mes mains.»

Jean voulut s'approcher et lui parler encore;
Mais Barrabas terrible et fou saisit l'amphore,
Et menaça l'apôtre, avec son bras levé:
«D'ailleurs, qu'est donc ce Christ encombrant le pavé
De va-nu-pieds grossiers et de femmes publiques
Et de prêches et de gestes mélancoliques?
Je l'ai connu en Galilée, où il était
Un pauvre et mauvais apprenti qui rabotait
Du mauvais bois et qui trompait les gens pour vivre.
Jamais il n'a su lire un texte dans un livre,
Et voici qu'il nous parle et raisonne de Dieu!
Se dire l'envoyé du Très-Haut est un jeu
Que les fourbes depuis longtemps aiment et jouent,
Mais que moi, Barrabas, tout couvert de ma boue,
Je blâme et je déteste et je ne jouerai pas,
Etant trop haut encor pour descendre si bas.»
Jean sentit la douleur vriller si fort son âme
Qu'il supplia, les mains jointes, l'une des femmes
D'empêcher Barrabas de blasphémer encor.

Des poings brutaux et noirs le poussèrent dehors.
Et Jean partit en sanglotant par la nuit blême,
Sans plainte et sans colère et ferme et doux, quand même,
Et, se tournant de loin vers le bouge abhorré,
Il se voila les yeux, mais dit: «J'y reviendrai.»

L'aube toucha bientôt de ses mains cristallines
Le front enténébré des bois sur les collines
Et le faîte du temple où s'exaltait l'airain.
Soudain,
Tandis que Jean marchait encor par les campagnes,
Des pas multipliés
Emplirent de leur bruit le mont des Oliviers,
Et des femmes criaient de loin à leurs compagnes,
Qu'un homme aux cheveux roux s'était pendu, là-haut.
Le cœur de Jean resta muet, sans un sanglot.
Le crime de Judas était inimitable.
Oh! ce soir qu'il prit place, avec tous, à la table,
Et qu'il osa parler et que même sa main
Ne trembla point quand Dieu lui présenta le pain!

Pourtant l'apôtre errant suivit la multitude:
Le mort gisait au pied de l'arbre et regardait,
Fixement, eût-on dit, sa propre turpitude.
L'œil était sombre et morne et dur; il obsédait;

Les lourds abois d'un chien montaient dans le tumulte;
Des gens passaient, jetant au cadavre l'insulte
Et se montraient cruels pour se cacher leur peur.
Jean sentit la pitié dominer son horreur.
Il songeait à l'écart: Pourtant il fut des nôtres;
Pendant trois ans son cœur fut le cœur d'un apôtre;
Il pardonna souvent lorsqu'il eût dû punir,
Et Jésus-Christ l'aima, qui savait l'avenir.
Alors, sans hésiter, Jean traversa les houles
Et les fureurs toujours plus denses de la foule
Et, soulevant le corps entre ses bras pieux,
Avec des doigts très purs il lui ferma les yeux.
Puis, il le prit pour le porter lui-même en terre.
Quelqu'un l'accompagna vers les lieux solitaires,
Et, sans parler, tous deux enfouirent Judas

Ainsi jusqu'au matin où Christ ressuscita,
L'âme de Jean fut à tel point profonde et tendre
Qu'aucun homme d'alors ne la pouvait comprendre
Et que même Marie, à le voir vers son seuil
S'avancer lentement et sourire à son deuil,
Croyait l'apôtre aimé pris de vague folie.
C'est qu'il ne stagnait plus aucun soupçon de lie
Dans le vase chrétien qu'était déjà son cœur.
C'est qu'il avait vaincu toute l'ombre et la peur
Et que, dans l'eau des pleurs, il savourait la joie.
Entre mille chemins, seul, il suivait la voie
Que Christ allait tracer autour de l'univers.
Il faisait son trésor de tous les maux soufferts;
Quand son pas rencontrait quelques touffes d'épines
Il s'arrêtait et bénissait le noir buisson
D'avoir, pour le salut de tous, percé le front
Et les cheveux sacrés et les tempes divines.
Il bénissait le fer, il bénissait le bois
Qui fournirent la lance et les clous et la croix;
Il bénissait jusqu'aux bourreaux sanglants et blêmes
Et même, il bénissait, le soir, le Golgotha
Qui, rouge et ténébreux, se bossuait là-bas,
Avec ses rocs dressés comme autant de blasphèmes.

III

Aussi longtemps que Jean chez les hommes vécut,
Son front demeura lumineux d'avoir conçu
Lui le premier, quand Jésus-Christ dormait sous terre,
L'héroïsme tranquille, intime et solitaire
Qui changea l'âme humaine et qui l'exalte encor.
Il fut sublime et doux, sans peine et sans effort;
Il inclina son cœur, lampe ardente et fragile,
Sur chacun des versets de son pur évangile,
Il se sentait aimé où les autres étaient craints.
Quand il prêchait, le soir, dans les cités d'Asie,
Les brises qui passaient en semblaient adoucies
Et les femmes pleuraient en lui tendant les mains.
Il mourut plein de jours et de calme sagesse,
Aidé par tous les siens, à l'aube, dans Ephèse,
Et sa voix se fit claire à son dernier moment:
«Jésus, si je vous ai servi, dévotement,
Et de toute ma force et de toute mon âme,
Accueillez-moi là-haut où vos anges proclament
L'aveuglante splendeur de votre éternité.
J'ai porté votre gloire avec humilité
Et lavé bien des fronts de leur erreur ancienne.
Néanmoins, qu'avant tout, Seigneur, il vous souvienne
Qu'au temps où vous dormiez dans le morne tombeau,
Seul, parmi tous, j'ai recueilli votre flambeau
Et que ma pauvre main abrita sa lumière,
Si bien qu'en m'approchant de mon heure dernière,
C'est lui que je vous tends, c'est lui, ce même cœur
Qui remplaça, pendant trois jours, avec ferveur,
Seigneur,
Le vôtre, sur la terre.»

LES BARBARES

Là-bas,
Parmi les Don, et les Dnieper, et les Volga,
Où la bise éternelle, à rude et sombre haleine,
Durcit la plaine;
Et puis, là-bas encor,
Où les glaçons monumentaux des Nords
Bloquent, de leurs parois hiératiques,
Les bords
Du fiord Scandinave et du golfe baltique,
Et puis, plus loin encor, plus loin toujours,
Sur les plateaux d'Asie
Où les rocs convulsés dressent leur frénésie
Jusqu'à barrer le jour,
Les barbares voyaient un merveilleux mirage,
Tenace et obsédant,
Se déplacer vers l'Occident,
De route en route, et d'âge en âge.

Apres, hardis, aventureux,
Ils se le désignaient en s'exaltant entre eux.
Les plus ardents partaient à travers monts et plaines;
Ils dérobaient des chars et des peaux et des laines
Et s'engouffraient dans l'inconnu et ses dangers.
Des foules se joignaient à l'appel passager
Qu'ils lançaient aux échos du haut de leurs montures;
Les chefs étaient de haute et compacte stature:
Leurs longs cheveux nattés battaient leurs torses roux;
Ils se disaient issus des aurochs ou des loups.
O ces brusques départs de hordes violentes
Se ruant à l'assaut de la terre tremblante,
Ces blocs errants et lourds de peuples rassemblés,
Et ces trots de chevaux sur les pays brûlés,
Et ces rapts dans la nuit, sous la lune et les astres,
Et ces rires dans le carnage et les désastres,
Et, tout à coup,
Tous ces fourmillements et ces tumultes fous
Laissant crouler leurs montagnes de cris et d'hommes
Vers Rome!

Ils la virent, un soir, dormir sur ses deux bords:
Ses collines la soutenaient, lasse et vieillie,
Mais le soleil jusqu'où sa gloire était jaillie
Semblait changer ses toits en longs bouclier d'or
Comme pour la défendre à cette heure dernière.

Le Capitole étincelait dans la clarté
Et, malgré tout, dardait encor sa volonté
De rester ferme et droit et pur sous la lumière.
Les barbares se désignaient, dans le lointain,
Le palais des Césars où vivait Augustule
Et, parmi les frontons ardents du Janicule,
Les hauts gestes des Dieux barrant le ciel latin.
Ils hésitaient devant la suprême bataille:
Leur esprit trouble et lourdement mystérieux
Sentait comme un effroi brusque et contagieux
Sortir des blocs fendus de l'antique muraille.
Des prodiges apparaissaient sur les maisons:
Des nuages soudains et pareils à des aigles
Se levaient en tumulte et s'envolaient sans règle
Et, tour à tour, quittaient ou gagnaient l'horizon.
Et quand la sombre nuit voila la voûte éteinte,
De toutes parts, sur les terrasses et les tours,
Des feux multipliés y maintinrent le jour
Et jetèrent au cœur des Hérules, la crainte.
Ils ne retrouvaient plus dans leurs muscles l'élan
Qui les portait, depuis les temps tumultuaires
Qu'ils avaient dû quitter l'autre bout de la terre.
Leur corps s'alanguissait, torpide et indolent,
Ils erraient par les monts et les forêts tranquilles,
Ne cherchant qu'un abri sous les arbres épais,
Et qu'à flairer de loin, dans le vent qui passait,
L'énorme et chaude odeur qui montait de la ville.

La faim
Les fit sortir des bois et les rendit enfin
Maîtres des destinées.

Là victoire sans grand effort fut moissonnée.

Déjà
Ils parcouraient la ville en y semant la flamme
Qu'ils ressentaient encor dans le fond de leur âme,
La frayeur d'être là;
Mais les vins absorbés, et les viandes rouges,
Mais l'odeur que Subure épandait de ses bouges,
Mais les ors flamboyant de palais en palais
Leur donnèrent soudain l'audace qu'il fallait,
Pour abattre l'orgueil millénaire de Rome.

O cette heure qui clôt une ère et la consomme!
Et qui surveille, et qui écoute, et qui entend
Chaque empire tomber plus lourd au fond du temps!

O ces siècles armés, qui tout à coup s'écroulent!
Ces flux et ces reflux de rages et de foules,
Et ces fracas de fer et d'or sous le soleil!
O ces coups de marteaux sur des marbres vermeils,
Ces corniches de gloire et de beauté vêtues
Broyant, en s'abattant, les bras de leurs statues,
Et ces trésors vidés, et ces coffres fendus,
Et ces poings dans le meurtre et le viol tordus,
Et ces plaintes, et ces râles contre des portes,
Et ces amas encor tièdes de vierges mortes,
Et leurs regards d'effroi, et leurs bouches, gardant
Des poils roux arrachés, dans l'étau blanc des dents,
Et la flamme rôdeuse, et tout à coup grandie,
Et lançant jusqu'au ciel ses meutes d'incendie!

LA CROISADE

Un cri s'élève, et vole, et frappe, et puis s'étend
D'Ardenne en Vermandois, et de Flandre en Luzarche;
Et les glaives au clair et les pennons en marche,
Dès que passe ce cri, hérissent l'Occident.

O ces milliers de pas, sur ces milliers de routes,
O ce bruit régulier, fourmillant et profond,
Dont tressaillent les eaux, dont s'émeuvent les monts,
Et que les morts sous terre écoutent;
Bruits étouffés sous bois, bruits éclatés dans l'air,
Bruits qui montent soudain et tout à coup s'affaissent,
Comme si par instants des quartiers de falaise
Croulaient et s'abîmaient en mer.

Les chemins débordés envahissaient les plaines:
On broyait les épis; on piétinait les graines;
On dévastait à mesure que l'on errait,
Soit au bord des étangs, soit au long des forêts,
Tragiquement, avec la faim dans les entrailles.
Parfois s'improvisaient de rapides batailles,
Autour de hauts trésors ou de butins captés,
Un chef intervenait, tenace et redouté,
Et reployait sous lui les volontés serviles.
Les soirs, ceux qui campaient aux limites des villes
Se ruaient vers la femme avec de fortes mains,
Et le viol criait et s'étouffait dans l'ombre.
Mais tous, le jour levé, reprenaient le chemin,
Et la terre, à nouveau, grondait de pas sans nombre.

Là-bas
Sous le ciel bleu de Palestine,
Un pâle croissant d'or courbe sa pointe fine,
A l'endroit même où l'étoile guidait les pas
Des bergers et des mages.
Et, sur le bloc du sarcophage,

Où Jésus-Christ dormit sa mort,
Un drapeau vert aux franges d'or,
Depuis quels temps, âpres et sombres,
Laisse flotter et s'exalter,
Son ombre.

Au pays de Clermont, un moine avait prêché:
«Voulez-vous être exempt de fange et de péché,
Lorsque la mort vous saisira dans son étreinte?
Soyez ceux-là qui conquerront la terre Sainte.
La tombe ouverte, où Jésus-Christ languit trois jours,
Crie au monde qu'elle est sans gloire et sans secours
Et que sa pierre encor sanglante est profanée.
O voix du sang divin, lentement obstinée,
Tu n'as frappé, jusqu'en ces temps, qu'un écho mort
Mais voici l'heure enfin de l'unanime effort,
Pour créer et muscler une force nouvelle.
Il faut que le silence apaise les querelles,
Sur le brin d'un devoir ou le fétu d'un droit,
Que les comtes, les ducs, les marquis et les rois
Coupent les rameaux noirs des haines réfractaires,
Qu'ils soient, non pas seigneurs,mais croisés de leurs terres
Qu'il n'y ait qu'un orgueil sur l'Occident—debout,
Ici, là-bas, plus loin, de l'un à l'autre bout
Des vallons baptisés et des plaines chrétiennes,
Afin que soient armés d'ardeur quotidienne
Ceux qui partent mourir en des pays lointains,
Pour qu'au monde l'Europe impose son destin.
Quittez donc vos maisons par Dieu même gardées,
O vous, les pas, qu'on entendra jusqu'en Judée,
Pas venus de partout avec l'ombre et le vent
Comme un broussaillement ténébreux et mouvant,
Pas qui traverserez les pays d'Allemagne,
Et les ponts du Danube, et ses âpres montagnes,
Et le Bosphore, et puis l'Asie, et puis là-bas
Les torrides chemins d'Alep et de Damas,
Et qui toujours, toujours plus loin, de proche en proche,
Viendrez camper, un soir, sous les murs d'Antioche;
O pas rués vers la victoire, éperdûment,

Je bénis votre fièvre, et votre acharnement.»

Alors qu'ils chevauchaient entre Bude et Belgrade,
Le front libre du casque et l'étrier ballant,
Tancrède et Bohémond causaient en camarades,
Du discours de l'Hermite et de son cri brûlant.
Ils n'avaient point compris la harangue trop belle;
Pour eux, tout étranger demeurait l'ennemi,
Et rien ne distinguait du Musulman rebelle
L'Anglais envahisseur ou l'Allemand conquis.
Pourtant, comme ils passaient à Varna, le dimanche,
Leur prière mêlée aux prières de tous
Sous les vélums soyeux des basiliques blanches,
Leur inculqua soudain un esprit moins jaloux.
Ils mangèrent le pain d'une commune idée
Que leur tendit un prêtre extatique et chenu,
Et leur bouche baisant la même croix dardée,
Ils se crurent chez eux sous ce ciel inconnu.

Tandis que Godefroid, ayant gagné l'Asie
Pour s'attaquer, lui le premier, à l'hérésie
Des hauts sultans de soie et de béryls couverts
Et des peuples tannés par les vents du désert,
Ne rencontra jamais en ces hommes étranges
Qu'une foi monstrueuse et de sang et de fange,
Et ne comprit jamais la torride clarté
Que leur versait au cœur une autre vérité.

Sion, vous reposiez là-bas au bout des plaines
Avec vos minarets dorés par le couchant,
D'où le haut muézin d'une ample et longue haleine,
De terrasse en terrasse, illimitait son chant!
Et Godefroid songeait que la sainte lumière,
La maison de Marie et la tombe de Dieu,
Ecoutaient, tous les jours, l'insultante prière
Dont cet homme souillait la pureté des cieux.
D'un bond géant, il eût voulu gagner la ville,
Mais ses guerriers lassés se couchaient en chemin,
Leur courage s'usait, et leur fièvre indocile
Laissait frémir, parfois, la révolte en leurs mains.
Malgré toute sa fougue, il lui fallut attendre
Que l'Occident lui dépêchât d'autres soldats,
Et ce furent ceux-là du Vexin et de Flandre,
Dont il ouït d'abord se rapprocher les pas.
Et puis ce fut, superbement, l'armée entière,
Avec ses étendards repliés ou flottants,

Il crut à quelqu'orage enfermé sous la terre,
Qui tout à coup se délivrait en s'exaltant;
Les Aquitains chantaient un hymne ardent et grave,
Que l'ordre de leur marche, avec calme, scandait,
Tandis que les Normands, les Saxons, et les Slaves,
La-bàs, au loin, sur les routes leur répondaient.
Un seul pas fourmillant semblait mouvoir leurs foules
Que le soleil frappait de haut, terriblement,
Et c'étaient des clartés croulant comme des houles,
De l'un à l'autre bout de leur piétinement.
O les nuits de repos et les matins d'alerte!
Et tout à coup, au soir tombant du jour dernier,
Debout, là, devant tous, dans sa ceinture verte,
Jérusalem que dominaient de hauts palmiers.
Alors l'élan fut tel dans l'ombre et la poussière
Qu'on eût dit que le sol lui-même s'emportait
Au soulèvement fou des pas myriadaires.
L'air était bondissant et le vent haletait,
La force et la valeur se muaient en miracles.
En vain, herses et ponts et douves et créneaux,
Et rocs et murs et tours étageaient leurs obstacles,
L'énorme tourbillon devint soudain l'assaut
Rué comme un torrent contre la cité sainte,
Et les portes tombaient en écrasant les cris,
Et les flammes sautaient au-dessus de l'enceinte,
Et le mont Golgotha s'éclaira dans la nuit.

O jeune et violente et rapide victoire!
O péril dûment surmonté!
O geste gauche encor, dans la lointaine histoire,
D'une Europe vers l'unité!

MARTIN LUTHER

Les Monastères,
On les voyait jadis, ainsi que de grands fronts,
Du fond des bois, du bout des monts
Illuminer la terre,
Leurs tours les éclairaient comme autant de flambeaux;
Au-dessus d'eux, les étoiles posaient leurs sceaux,
Et sur les champs, les clos, les lacs et les vallées,
Ils dardaient de très haut
Le dogme inexpugnable et la foi crénelée.

Rome pensait pour tous;
Mais eux songeaient pour Rome.

Ils dominaient la vie et les brusques remous
bue creusait en son lit le flot rétif des hommes.
Partout, de bourg en bourg, de cité en cité,
Pesaient sur les cerveaux leurs blocs d'autorité.
Peuples des pays clairs, peuples des landes sombres
N'étaient que leur vouloir sacré devenu nombre.
Ils déployaient sur Dieu leurs syllogismes froids.
Ils inspiraient la crainte au cœur sans peur des rois,
Et personne n'osait au brasier de son âme
Réveiller un feu d'or où ne brillât leur flamme.

Pendant mille ans,
Ils maintinrent ainsi comme un glaive en sa gaîne,
A la merci de leur bras ferme et vigilant
L'ardeur humaine;
L'esprit ne sentait plus agir comme un ferment
La raison rude;
La recherche était morte, et l'on croyait dûment,
Par habitude;
Le doute allègre était traqué de seuil en seuil
Comme une bête,
Et celui-là mourait qui pavoisait d'orgueil
Humain, sa tête.

O ce grand ciel chrétien, despotique et mental,
Envoûtant sous ses lois l'espace occidental,
Qui donc l'affronterait, là haut, sur la montagne?
Ce fut un moine ardent, sensuel et buté,
Qui serrait sous le froc deux poings de volonté,
Et qu'offrit à la terre un pays d'Allemagne.

Les textes nus et froids lui semblaient sans vertu;
C'étaient des poteaux secs qui se croyaient des arbres,
L'esprit vivant gisait sous la lettre abattu
Et le pape, là-bas, dans sa ville de marbre,
Mettait la grâce en vente et trafiquait du ciel.
Partout le décor creux masquait les lignes fermes
Et les hautains piliers d'un temple essentiel,
Les pépites de l'or semblaient autant de germes
Dont les prêtres ensemençaient le sol chrétien.
Tout un peuple de saints imposait sa tutelle
A la supplique humaine et la chargeait de liens.
Le cri direct de l'homme à Dieu n'avait plus d'ailes.

Bien qu'il ne vît autour de lui
Que des mains en fureur se crisper dans la nuit
Et des gestes armés de crosses
Le menacer, soudain, de vengeances féroces
Jusqu'au delà de son tombeau,
Bien que le monde entier pesât sur son cerveau
Avec ses vieux décrets et ses vieux anathèmes,
Rien n'empêcha Martin Luther
Devant l'aube du matin clair
De penser par lui-même.

Il libéra le monde, en étant soi, pour tous.

Comme une forteresse, il maintenait debout,
Près de son cœur, sa conscience.
La bible était pour lui, non pas une prison,
De textuelle obédience,
Mais un jardin bougeant sous l'or dès frondaisons
Où chaque homme, selon son âme,
Choisit la fleur qu'il aime et mord au fruit qu'il veut
Et sous le ciel ardent de flammes
Distingue le chemin qui le conduit vers Dieu.
Voici la vie, après combien de jours, ouverte
A la saine croyance et la libre ferveur.
L'idée humaine, enfin, marche à sa découverte
Et prend le jeune orgueil pour guide et pour sauveur.
Il n'importe que tonne encor la voix romaine,
Luther a sous l'orage engrangé la moisson.
Sa force, il l'a trouvée en son âme germaine
Que la nature entière emplit de son frisson,
Il est homme de passion franche: il le crie;
La vigne de la chair, il la veut vendanger.
Jamais, il n'est à bout de sa propre furie
Ni de sa joie âpre et folle d'être en danger.
Il est terrible et gai; son humeur est soudaine;
Il est contradictoire avec ténacité;
Tous les fleuves d'amour, tous les torrents de haine
Creusent, sans le trouer, son grand cœur exalté;
Il demeure inquiet jusque dans sa victoire,
Et, quand la mort s'étend de son cœur à son front,
On dirait que la nuit couvre d'une aile noire,
De roc en roc, les flancs et le sommet d'un mont.

MICHEL-ANGE

Quand Buonarotti dans la Sixtine entra,
Il demeura
Comme aux écoutes,
Puis son œil mesura la hauteur de la voûte
Et son pas le chemin de l'autel au portail.
Il observa le jour versé par les fenêtres
Et comment il faudrait et dompter et soumettre
Les chevaux clairs et effrenés de son travail.
Puis il partit jusques au soir vers la campagne.

Les lignes des vallons, les masses des montagnes
Peuplèrent son cerveau de leurs puissants contours.
Il surprenait dans les arbres noueux et lourds
Que le vent rudoyait et ployait avec force
Les tensions d'un dos, ou les galbes d'un torse,
Ou l'élan vers le ciel de grands bras exaltés,
Si bien qu'en ces instants toute l'humanité
—Gestes, marches, repos, attitudes et poses—
Prenait pour lui l'aspect amplifié des choses.
Il regagna la ville au tomber de la nuit,
Tour à tour glorieux et mécontent de lui,
Car aucune des visions qu'il avait eues
Ne s'était, à ses yeux, apaisée en statue.

Le lendemain avant le soir,
Sa lourde humeur crevant en lui comme une grappe
De raisins noirs,
Il partit tout à coup chercher querelle au pape.
«Pourquoi l'avoir choisi,
Lui, Michel-Ange, un statuaire;
Et le forcer à peindre en du plâtre durci
Une sainte légende au haut d'un sanctuaire?
La Sixtine est obscure, et ses murs mal construits:
Le plus roux des soleils n'en chasse point la nuit!
A quoi bon s'acharner sur un plafond funèbre
A colorer de l'ombre et dorer des ténèbres.
Et puis encor, quel bûcheron lui fournirait
Le vaste bois pour un si large échafaudage?»
Le pape répondit sans changer de visage:
«On abattra pour vous ma plus haute forêt.»

Michel-Ange sortit et s'en alla dans Rome,
Hostile au pape, hostile au monde, hostile aux hommes,
Croyant heurter partout aux abords du palais

Mille ennemis qui le guettaient, groupés dans l'ombre,
Et qui raillaient déjà la violence sombre
Et la neuve grandeur de l'art qu'il préparait.
Son sommeil ne fut plus qu'une énorme poussée
De gestes orageux à travers sa pensée;
Qu'il s'étendît, le soir, dans son lit, sur son dos,
Ses nerfs restaient brûlants jusques dans son repos;
Il était frémissant toujours, comme une flèche
Qui troue une muraille et vibre dans la brèche,
Pour augmenter encor ses maux quotidiens
Il s'angoissait des maux et des plaintes des siens;
Son terrible cerveau semblait un incendie
Plein de feux ravageurs et de flammes brandies.

Mais plus son cœur souffrait,
Plus l'amertume ou la rancœur y pénétrait,
Plus il se préparait à soi-même d'obstacles
Pour éloigner l'instant de foudre et de miracle
Qui tout à coup éclairerait tout son labeur,
Mieux il élaborait en son âme croyante
L'œuvre sombre et flamboyante
Dont il portait en lui le triomphe et la peur.

Ce fut au temps de Mai, quand sonnaient les matines,
Que Michel-Ange, enfin, rentra dans la Sixtine
Avec la force en son cerveau.
Il avait ramassé son idée en faisceaux:
Des groupes nets et sûrs, d'une ligne ample et fière,
Se mouvaient devant lui dans l'égale lumière.
L'échafaudage était dressé si fermement
Qu'il aurait pu mener jusques au firmament.
Un grand jour lumineux se glissait sous la voûte,
En épousait la courbe et la fleurissait toute.
Michel-Ange montait les échelles de bois,
Alerte, et enjambant trois degrés à la fois.
Une flamme nouvelle ardait sous sa paupière,
Ses doigts, là-haut, palpaient et caressaient les pierres
Qu'il allait revêtir de gloire et de beauté.
Puis il redescendit d'un pas précipité
Et verrouilla, d'une main forte,
La porte.

Il se cloîtra pendant des jours, des mois, des ans,
Farouche à maintenir l'orgueil et le mystère
Autour de son travail nombreux et solitaire;
Chaque matin, il franchissait, au jour naissant,

De son même pas lourd, le seuil de la chapelle,
Et comme un tâcheron violent et muet,
Pendant que le soleil autour des murs tournait,
Il employait ses mains à leur œuvre immortelle.

Déjà,
En douze pendentifs qu'il leur départagea
Sept prophètes et cinq sybilles
Cherchaient à pénétrer de vieux livres obscurs
Dont le texte immobile
Arrêtait devant eux, le mobile futur.
Le long d'une corniche aux arêtes carrées,
De beaux corps lumineux se mouvaient hardiment
Et leur torse ou leur dos peuplait l'entablement
De leur vigueur fleurie et de leur chair dorée.
Des couples d'enfants nus soutenaient des frontons,
Des guirlandes jetaient ci et là leurs festons,
Le long serpent d'airain sortait de sa caverne,
Judith se pavanait dans le sang d'Holopherne,
Goliath s'écroulait ainsi qu'un monument
Et, vers les cieux, montait le supplice d'Aman.

Et sans erreurs, et sans ratures,
Et jour à jour, et sans repos,
L'œuvre s'affermissait en sa pleine structure;
Bientôt
La Genèse régna au centre de la voûte:
On y pouvait voir Dieu comme un lutteur qui joute
Avec le chaos sombre et la terre et les eaux;
La lune et le soleil marquaient d'un double sceau,
Dans l'étendue ardente et nouvelle, leur place.
Jéhovah bondissait et volait dans l'espace,
Baigné par la lumière ou porté par le vent;
Le ciel, la mer, les monts, tout paraissait vivant
D'une force ample et lente, et dûment ordonnée;
Devant son créateur, la belle Ève étonnée
Levait ses tendres mains et ployait le genou,
Tandis qu'Adam sentait le doigt du Dieu jaloux
Toucher ses doigts et l'appeler aux œuvres grandes;
Et Caïn et Abel préparaient leurs offrandes;
Et le démon devenu femme et tentateur
Ornait de ses seins lourds l'arbre dominateur;
Et, sous les pampres d'or de son clos tributaire;
L'ivresse de Noé s'échouait sur le sol;
Et le déluge noir épandait comme un vol
Ses larges ailes d'eau sur les bois et la terre.

Dans ce travail géant que seul il acheva
Michel-Ange brûlait du feu de Jéhovah;
Un art surélevé jaillit de sa cervelle;
Le plafond fut peuplé d'une race nouvelle
D'êtres majestueux, violents et pensifs.
Son génie éclatait, austère et convulsif,
Comme celui de Dante ou de Savonarole,
Les bouches qu'il ouvrait disaient d'autres paroles,
Les yeux qu'il éclairait voyaient d'autres destins,
Sous les fronts relevés, dans les torses hautains,
Grondait et palpitait sa grande âme profonde;
Il recréait, selon son cœur, l'homme et le monde
Si magnifiquement qu'aujourd'hui pour tous ceux
Que hantent les splendeurs et les gloires latines,
Il a fixé, sur la voûte de la Sixtine,
Son geste tout puissant, dans le geste de Dieu.

Ce fut par un jour frais d'automne,
Que l'on apprit enfin
Que le travail, dans la chapelle, avait pris fin
Et que l'œuvre était bonne.
La louange monta comme un flux de la mer
Avec sa vague ardente et son grondement clair.

Mais Jules deux, le pape, hésitant à conclure,
Son silence fit mal ainsi qu'une brûlure,
Et le peintre s'enfuit vers son isolement.
Il rentra, comme heureux, en son ancien tourment,
Et la rage, et l'orgueil, et leur tristesse étrange,
Et le soupçon mal refréné
Se remirent à déchaîner
Leur tragique ouragan à travers Michel-Ange.

L'OR

Vous existez en moi, fleuves, forêts et monts,
Et vous encor, mais vous surtout, villes puissantes,
Où je sens s'exalter les cris les plus profonds
D'âge en âge, sur la terre retentissante.

Vos gestes sont précis, si vos espoirs sont fous,
Vous vivez mille instants en un instant fugace,
Vous créez votre force avec toutes les races,
Et le rythme du siècle est votre rythme à vous.

O morts, couchés de cimetière en cimetière,
Au long des plaines de la terre,
De quel frémissement doivent trembler vos os
Lorsque les trains sonnants ébranlent vos tombeaux!
Vous étiez mêmes gens habitant un village,
Vous ne connaissiez rien que vos mêmes usages,
Et voici que le monde entier roule sur vous
Ses tumultes et ses remous
Et que les rails qui vous frôlent de leurs éclairs
Jettent vers les cités l'innombrable univers.

Elles sont là qui attendent au bord des mers,
Avec leurs gestes droits de signaux et de phares,
Avec leurs yeux en feu sous les voûtes des gares,
Avec les mailles de leurs bruits
Se resserrant le jour, se desserrant la nuit,
Avec leur hâte et leur ruée
Vers les conquêtes graduées.

Voici les docks et les hâvres, et les chantiers
Pleins de marteaux, et de compas, et de charpagnes,
Où les câbles des treuils et les bras des leviers
Font mouvoir lentement des morceaux de montagne;
Voici les cargaisons chargeant les vieux pavés,
Et des ballots de laine échoués dans la boue,
Et des ponts tout à coup jusqu'au ciel soulevés,
Et des tournoiements fous de chaînes et de roues,
Et des Malais bronzés et des Arabes blancs,
Et leurs cris gutturaux et leurs chansons barbares,
Et leur travail rapide ou leurs pas indolents
Autour des bricks légers et des lourdes gabarres.

Plus loin montent des tours, sonores d'un bruit d'eau.
En des hangars fumeux circulent des flambeaux.
De grands élévateurs ronflant dans la poussière
Aspirent jusqu'aux toits les grains myriadaires.
Barres d'acier, plaques de fer, lingots de plomb
Glissent, presque sans bruit, en des steamers profonds.
Au bout du port, en des enclos gardés, s'isolent

Les hauts réservoirs blancs de naphte et de pétrole.
La fumée est si dense à travers les grands mâts
Que le soleil dans les cieux d'or ne se voit pas
Et que l'effort musclé de la cité entière
Paraît à tels moments se bander sous la terre.

Guichets, comptoirs, bureaux, sous vos abat-jour verts
Avec vos mille mains griffant la page blanche,
Vous consignez la vie illuminant la mer
Des Antilles au Cap et du Cap à la Manche;
Vous resserrez la force énorme entre vos doigts,
Et le courage humain se nombre sous vos plumes,
Et la peine, et l'ardeur, et la rage, et l'effroi,
Et l'ahan de la forge, et les bonds de l'enclume.
Vous recensez les coups de pic et de marteaux
Dans les mines, dans les forêts et dans les brousses,
Et les pas des porteurs ployant sous leurs fardeaux,
Et le trot voyageur des caravanes rousses;
Et vos livres massifs, pleins de mornes odeurs
Où s'étage l'orgueil des sommes chimériques,
S'imprègnent, jour à jour, de l'immense sueur
Qui perle aux quais d'Asie et coule aux docks d'Afrique.

Et tout là bas, au coin d'un carrefour géant,
Du haut de tes grands toits, œillés de vitres rondes,
Tu règnes, de pôle en pôle, sur l'Océan,
Toi, la banque, âme mathématique du monde!
Les plus vieux des désirs retentissent en toi.
Toutes les passions en lutte et en folie
A ton rythme fatal s'apaisent ou s'allient
Et s'inclinent soudain devant ton orgueil froid.
Et tout se canalise en des réseaux de lignes,
Bordès, sur tes carnets, de chiffres et de signes:
Ruse, bassesse et vice, ardeur, peine et travail.
Comme un air vicié s'engouffre en un poitrail,
Tout se respire en toi, s'y brûle ou s'en exhale,
Le temps manque pour distinguer les droits des torts,
Tout est fondu par ta vie âpre et triomphale,
Dans l'or.

O formidable pluie éparse sur le monde!
O l'antique légende! O chair de Danaé!
O cieux brûlés de feux et d'étoiles fécondes
Qui vous penchez le soir sur l'univers pâmé!
O tourbillons de l'or où les yeux s'hallucinent,

Or, échange et conquête; or, verbe universel;
Sève montant au faîte et coulant aux racines
De forêt en forêt, comme un sang éternel.
Or, lien de peuple à peuple à travers les contrées,
Et tantôt pour la lutte, et tantôt pour l'accord,
Mais lien toujours vers quelque entente inespérée
Puisque l'ordre lui-même est fait avec de l'or.

LE MAITRE

On lui reprochait tout
Depuis longtemps, mais à l'écart, dans l'ombre
Et c'était son astuce et ses ruses sans nombre,
Et c'était son orgueil qu'il maintenait debout
Même en cédant obliquement à la contrainte,
Et c'était son art preste, et chaque fois nouveau,
De susciter d'illusoires complots,
Et d'autres fois
C'était sa voix,
Franche et brusque comme une étreinte,
Et sa langue indocile aux propos mensongers.
Et tout à coup son front se redressant sans crainte,
Très haut,
Jusqu'aux tonnerres du danger.

Un jour pourtant
Que tous sentaient son joug peser plus irritant,
Quelqu'un, un inconnu, jeta soudain vers lui,
A l'heure où s'installait sur les gradins la nuit,
Les colères enfin démuselées
De l'Assemblée.
L'attaque fut menée avec rage et candeur
Et tous, à tels moments de verve, applaudissaient
Cet inconnu longtemps muet
Dont la parole étrangement nouvelle
Passait en rouge éclair à travers leur cervelle,
Et défiait le maître et l'atteignait sans peur.

Il répondit par le rire qui raille,
Tandis que se levaient déjà, autour de lui, cent mains
Pour ajourner le sort de la bataille
Au lendemain.

L'empire!
Depuis bientôt vingt ans,
Il le menait comme un navire
Dont les grands mâts ornés de pavillons battants
Etaient sa volonté que blasonnait son verbe;
Toute sa force avait gréé l'œuvre superbe;
Les focs ardents, la proue en or, les haubans clairs
Et les voiles, d'espace inassouvies,
Etaient sa vie,
Quand ils envahissaient de leur splendeur la mer.
Or, à cette heure belle où planait sa victoire,
Sans même soupçonner ce qu'il fallut d'orgueil,
De souple audace et de gestes contradictoires
Pour ruser avec l'eau et tourner les écueils,
Quelque pâle rêveur,
Que tous ses ennemis accueillaient en sauveur,
Soudainement attaquait son ouvrage
Au nom d'une justice imprévue et sauvage.

Déjà
Au-dessus de la ville et des plaines, là-bas,
Vibraient de tous côtés les fils télégraphiques
Pour divulguer l'attente et la terreur publiques.

Oh! le sort redouté de l'imminent combat!
Le négoce et la banque entraient dans la mêlée,
L'or, répandu aux quatre coins du monde,
Précipitait sa fièvre angoissante et profonde
D'après le pouls d'une assemblée.

Un orageux public, ici, là-bas, partout,
Cramponné aux piliers, sur les balcons debout,
Massait au long des murs ses grappes colossales,
Lorsque le maître, à pas fermes et lents, s'en vint
Le lendemain,
Prendre sa place en la grand'salle.

Et sitôt qu'il monta les marches, une à une,
De la large, luisante et massive tribune,
Le silence s'imposa tel
Que l'on n'entendit plus que les branches d'un hêtre,
Au va-et-vient du vent accidentel,
Griffer, là-haut, les carreaux mats d'une fenêtre.

Alors,
Sans un geste trop vif, ni sans un cri trop fort,
Avec de la souplesse à sa vigueur mêlée,
Sa parole monta vers l'assemblée.

Il fut avec dextérité, sincère et faux.
Il s'imposait habilement, mais sans emphase;
Comme un plumage souple et chatoyant d'oiseau,
Il disposait en nets et réguliers faisceaux
Les arguments ailés dont il armait ses phrases;
Soudain, avec tranquillité, il dévoila
Le ciel profond que jour à jour il étoila
Pour que, pareille à quelque immense Walkyrie,
On y pût voir marcher et régner la Patrie.
Puis son verbe se fit sournois et entêté
Et sans effort et sans violente brisure,
Telle une eau patiente à travers les fissures,
Il atteignait et submergeait les volontés.

Il vit que peu à peu se redressait sa cause,
Et qu'un chemin montait vers son apothéose
Rayonnante déjà quoique lointaine encor.

Il connaissait si bien le jeu des consciences,
Qu'il confiait, sans se tromper, son enjeu d'or
Au chiffre obscur qu'allait illuminer la chance.
Les promesses étaient pour lui fleurs de jardin
Qu'il faut grouper, montrer et dérober soudain.
Il disait mépriser tous les vieux stratagèmes
Mais les travestissait pour en user quand même.

Enfin quand il sentit sa force avec le sort,
D'accord,
Et que toute sa taille
Domina les hasards épars dans les batailles,
Soudainement, sans nul effort,
Le mot vivant, cruel, rapide et nécessaire
Qu'il réservait pour abattre ses adversaires
Jaillit.
Il déchaîna leur rage et crispa leur dépit.

Il recélait en lui tant de flammes retorses;
Il opposait l'une à l'autre leurs propres forces;
Il divisait, tordait, brûlait et condamnait,
Discours graves et creux, phrases hyperboliques;

Le mot vous écrasait en se faisant réplique,
Il s'accroissait d'un sens que nul ne soupçonnait,
De gradin en gradin, il gagnait les tribunes;
Un bref moment d'histoire épousait sa fortune;
Et celui-là qui le premier l'avait lancé,
Sachant sous quel tonnerre il ploierait l'auditoire,
Regardait maintenant se fixer sa victoire,
Les bras croisés.

Il excusa, négligemment, le doux rêveur
Dont le discours de jeune et funeste ferveur
Avait, sans le vouloir, amoncelé les rages
En brusque orage,
Puis tout à coup sa force en terreur se changea:
Son verbe, avec une ardeur froide, saccagea
Le camp déjà foulé de ses vieux adversaires
Pour le piller encor et quand même en extraire
Le nombre d'ennemis qu'il jugeait nécessaire
À son œuvre follement haut, mais ordonné.
Son geste les marquait comme des condamnés
A l'attaquer toujours sans le pouvoir abattre,
A le servir par leur folie à le combattre,
A n'être rien qu'un troupeau morne et ténébreux
Qui craint le fouet et les lanières;
Et son orgueil monumental croulait sur eux
Lentement, pesamment,
Et bloc à bloc, et pierre à pierre,
Sans qu'un seul cri de violence
Ne répondît encor à cet acharnement
Dans le silence.

Son triomphe sonna bientôt par la cité
Et retentit de là jusqu'aux confins du monde.
D'un coup, tous les espoirs ressurgirent, entés
Sur les rameaux touffus de sa force profonde;
Les négoces multipliés et haletants
Reprirent sur la mer leur essor vers l'espace,
Et l'or torrentiel rapide et insolent
Rebondit jusqu'au ciel sur ses tremplins d'audace,
Et lui, le maître, ordonnateur puissant et clair
De la tempête où son poing seul tenait l'éclair
Pour frapper, épargner, menacer ou contraindre,
Se remit promptement à sourire et à feindre,
A défendre sa joie et la céler en lui.
Il la voulait garer du tumulte et du bruit
Et que rien n'en ternît la splendeur solitaire.

Mais quand il fut rentré dans sa vieille maison
Et que montaient vers lui du fond des horizons
Toujours, encor, les voix larges et tributaires,
Il se fit fête à soi-même, tranquillement,
Laissant sa conscience et sa raison lui dire
Qu'il était bien, en ce moment,
Logiquement,
Lui seul, l'empire.

LES ATTIRANCES

I

C'est bien là-bas, au bord des landes,
Que le kiosque étrange et suranné
Où leur amour est né
Demeure et leur survit, abandonné;
C'est bien là-bas, au bord des landes,
Où les bateaux monumentaux
Mirent dans l'or et dans la boue
Leur proue,
C'est bien là-bas, au bord des landes
Et des fleuves trouant le cœur de la Hollande.

Il s'en alla, par un soir d'août,
Quand la clarté se respirait
Et se buvait dans le vent fou;
Il s'en alla, Dieu savait où;
Mais quand il reviendrait,
Après combien de jours, après combien d'années
De lutte rouge avec sa destinée,
Très fièrement, il lui rapporterait,
En son âme plus claire et plus profonde,
En ses deux yeux plus éblouis,
En ses deux bras lassés d'espace et d'infini,
Le monde.

Il vit des mers, et puis des mers, toujours, encor,
Et des golfes couvrant, avec faste, leurs bords,
De grands bois sourds se prolongeant de lieue en lieue;
Leurs branchages se cramponnaient au ciel brûlant;
Il regardait, parmi les troncs, des singes blancs
Bondir et s'éloigner, sous des lianes bleues:
Là-bas, s'illuminaient les pays du corail;
De longs oiseaux de pourpre et d'or, aux becs d'émail.
S'éparpillaient—miroirs et fleurs—dans l'air de nacre.
Aux mirages les monts versaient leurs simulacres.

Il marchait sur la grève, et doucement songeait,
Et dans la brise claire, où tout son corps plongeait,
Il lui semblait sentir des caresses connues:
Deux mains fluides glissaient contre ses tempes nues,
Si bien que son esprit ardent et exalté
Jurait que ces deux mains de joie et de bonté
Venaient vers lui en traversant l'immensité.

Elle, là-bas, au bord des landes familières,
Dans son logis vibrant de fleurs, ailé de lierres,
Se souvenait et ne vivait que pour l'absent.
Armoire où s'enfermaient les missives aimées,
Larges fauteuils, divans moelleux, coussins pesants,
Où l'empreinte restait de leurs têtes pâmées,
Cristal du miroir glauque, où leurs deux regards clairs
S'étaient brûlés, jadis, en un unique éclair,
Vos liens silencieux mais forts tenaient sa vie
A vos doux souvenirs doucement asservie.

Parfois, les soirs, quand les clartés des horizons
Frôlaient à peine, au loin, les portes des maisons,
Avec une ferveur lente, ses mains fidèles
Parcouraient ses beaux seins et sa bouche et ses yeux
Comme pour recueillir, entre ses doigts pieux,
Ce qui restait de lui et de son feu, sur elle.
Alors c'était si bellement fête en son cœur,
Que rien, ni le ciel noir voilant, là-haut, ses astres,
Ni l'orage épandant les maux et les désastres,
Rien n'aurait pu troubler l'hallucinant bonheur
Que lui versaient longtemps, en cette heure de fièvre,
Ses doigts soudain rejoints et baisés par ses lèvres.

O ces deux cœurs tendus à travers l'Océan!

Au bord des torrents fous, au pied des rocs géants,
Où qu'il allât—vallons, steppes, plaines, rivages,
Chemins perdus, marais fangeux, brousses sauvages—
Il la sentait vivre et comme penser en lui.
Elle était là, quand il marchait sous l'or des nuits
Vers quelque but lointain, par les chemins funestes
Où les dangers guettaient, prêts à bondir, son geste.

II

Or, vers le soir, un jour,
Comme il s'en revenait, par un pays de fleuves
Et de champs réguliers fleuris de maisons neuves,
Derrière un aqueduc barrant une lueur,
La ville rouge, éclatante et soudaine
Comme un jardin de pierre et d'or, du fond des plaines,
Sollicita son rêve et tout à coup son cœur.

Un bruit grondant et sourd
Continûment, toujours,
Sous le dais lourd de ses fumées
Envenimées,
S'élevait d'elle et se mêlait là-bas
Au bruit des flots ardents ou las
De la mer proche.
Brusques, ainsi que des encoches,
Des sifflets durs entaillaient l'air, parfois,
Et du côté des docks de pétrole et de bois
Il entendait sortir, comme d'une poitrine,
L'appel rauque et brumeux des sirènes marines.
Et devant lui, les ténèbres semblaient marcher,
Et s'éloigner, avec des flammes suspendues;
Des tours cognaient leur front contre le front des nues;
Des toits de verre étincelaient sur des marchés;
Des éventails de feu s'ouvraient, du haut des phares,
Et leurs rayons partaient, au large, sur la mer,
Toucher la proue en or des grands bateaux barbares
Qui s'en venaient vers eux du bout de l'univers.

O la cité énorme, angoissante et tragique,
Comme elle entra fiévreuse et frémissante en lui!
Ardeurs fermes, espoirs noueux, forces logiques,
Fluides de volonté nourrissant chaque esprit,
Travail escaladant, en ses doctes voyages,
De maison en maison, les plus hauts des étages,
Vous exaltiez son cœur et gagniez son cerveau
Tout son être grondait d'un orage nouveau.
Il se sentait plus clair, plus fort, plus grand, plus vaste.
Les miroirs de son âme absorbaient les contrastes.
Il se multipliait dans les foules, là-bas:
Leurs gestes, leurs rumeurs, leurs voix, leurs cris, leurs pas,
Semblaient, quand ils montaient, le traverser lui-même;
Et les trains merveilleux, sur leurs routes de fer,
Avec leurs bonds empanachés de vapeurs blêmes,
Roulaient, et trépidaient, et sonnaient en ses nerfs,
Si fort que son cœur jeune, ardent, souple et docile,
Vibra, jusqu'au tréfond, du rythme de la ville.
Rythme nouveau, rythme enfiévré et haletant,
Rythme dominateur qui gagnait l'âme entière
Et entraînant en sa fureur les pas du temps!

Ah! combien celle, hélas! dont la douce prière
Traversait terre et mer, les mains jointes, là-bas,
Sentit, en ces jours noirs, peser son cœur plus las

Et les fluides cesser et se vider l'espace!

Les meubles chers voilaient les jeux de leurs surfaces,
Les divans clairs qu'elle évoquait—tels des témoins—
Changeaient leurs plis soyeux et boudaient dans leurs coins,
Et, vers le soir, dans l'ombre et l'horreur vespérales,
Les vents n'étaient plus rien que des pleurs et des râles.

III

Et tandis qu'elle allait ainsi, traînant son cœur
De tristesse en angoisse, et d'angoisse en douleur,
lui, l'exalté soudain de la vie élargie,
Comme en des bains de feu trempait son énergie;
Souple roseau par un vent d'Est violenté,
La fortune ondoyait selon sa volonté;
L'or formidable et fou illuminait sa tête
Des rayonnants éclairs d'une rouge tempête;
les rages des conflits, les abois des périls,
Dès qu'il parlait, rentraient mâtés dans leur chenil;
Il était maître et roi d'une force autonome;
Il l'imposait lucide et fascinante aux hommes;
Et telle était sa foi dans son pouvoir certain,
Qu'il se croyait le geste et la main du destin.
Ses chercheurs d'or, d'argent, d'étain, de plomb, de cuivre,
En des îles de gel, en des pays de givre,
Partout, où leur pic dur dans le roc s'enfonçait,
Sans le savoir, de terre en terre, obéissaient
A son infatigable et tenace pensée.
Ils se mouvaient en son âme dramatisée.
Ses lourds vaisseaux craquant au poids des cargaisons,
Et, blasonnant de leur splendeur les horizons,
Tanguaient bien plus en lui que sur les vagues folles.
Parfois, il prononçait de soudaines paroles
Et ses yeux regardaient ce qu'ils fixaient, sans voir;
Mais quand il travaillait, sous la lampe, le soir,
Ivre de ses calculs, fiévreux de ses conquêtes,
Et que le monde entier lui battait dans la tête
Avec ses docks, avec ses ports, avec ses mers,
C'était le rythme immense et clair de l'univers
Qu'il sentait s'exalter, jusqu'au fond de ses moelles;
O les pôles, les équateurs et les étoiles,
Comme ils gelaient, brûlaient et s'éclairaient en lui
Et comme, en son cerveau, chantait leur infini!

IV

Heures de paix, temps de naguère,
Charmes de celle, hélas! qui l'attendait toujours
Avec son âme et son amour,
A l'autre bout des mers et de la terre,
Il négligea, brutalement, vos doux appels.
Son cœur grandi avait changé à un point tel
Qu'il ne s'angoissait plus que des forces profondes
Qui font d'un cœur humain le cœur même du monde
Et lui donnent pour large et formidable loi
On ne sait quel allègre et merveilleux effroi.
Heures de paix, temps de naguère, ardeur, oubli,
Image d'or dont l'or jour à jour a pâli;
Oh! qu'elle fut tragique et sanglotante
Cette heure et cette nuit d'hiver,
Quand le cristal du miroir clair,
Où leurs regards s'étaient brûlés dans un éclair,
Se brisa, tout à coup, dans les doigts de l'amante!

Son cœur ne lui fut plus'qu'un douloureux tombeau;
Seul y brillait le souvenir comme un flambeau.
Avec de grandes fleurs avant le soir fanées
Elle usait la longueur de ses tristes journées.
Ceux qui s'en revenaient des Océans lointains,
Se taisaient devant elle en sachant son destin.
Plus rien ne lui était secours ni viatique.
Aucune onde n'exaltait plus l'air magnétique
Quand son corps redressé se tournait vers la mer.
Ses yeux devinrent beaux d'avoir longtemps souffert
Et son âme, dont se taisait la violence,
Se mit à refleurir dans l'ombre et le silence,
Si fort,
Qu'elle accueillit la mort,
Très doucement,
Sans plainte vaine, un soir d'hiver, par un sourire,
Et que le dernier mot qui fut pour son amant
Fut simplement le mot qui pardonne et admire.

Et maintenant
C'est bien au bord des landes
Que le kiosque étrange et suranné
Où leur amour est né
Demeure et leur survit abandonné;
C'est bien, au bord des landes
Où les bateaux monumentaux

Mirent dans l'or et dans la boue
Leur proue,
C'est bien là-bas, au bord des landes
Et des fleuves trouant le cœur de la Hollande.

LA CITÉ

L'or serait tout, s'il était maître des idées,
Mais lentement, mais jour à jour,
Avec terreur, avec amour,
La ville
Les a, grande de fièvre ou de force tranquille,
Elucidées.

Ce fut d'abord
Le sort
De ses rêveurs et de ses sages
D'en prévoir les contours
Puis d'en fixer la ligne et d'en dorer l'image
Quand la foule à son tour
S'en empara
Pour les tenir, devant elle, dressées,
Elle y glissa son sang bien plus que sa pensée,
Mais son ardeur les robura
De joie immense et angoissée.

O le travail des ans! O le travail des heures!
Ce qui ne fut d'abord que songe et que rumeur
Dans telle âme profonde
Devint bientôt le bruit et la clameur
Du monde.

Alors
Ceux qu'écrasait le sort
Ou que ployait la mine ou que courbait la terre,
Sentant peser sur eux les destins millénaires,
Redressèrent le dos
Sous leur fardeau;
Tels mots qui tout à coup rayonnent et délivrent
Se levèrent du fond des livres:
Selon qu'ils effleuraient tels cœurs ou tels cerveaux,
Ils acquéraient un sens plus large et plus nouveau;
Qui les criait, le soir, sur les places publiques,
En aggravait soudain la puissance tragique;

Leurs syllabes semblaient être faites d'airain
Pour réveiller et pour armer l'espoir humain
Et propager, parmi la peur et l'épouvante,
Le bondissant tocsin des vérités vivantes.

Un jour, en des jardins qu'avaient ornés les rois,
Avec des mains en sang fut bientôt vendangée
La vigne formidable où mûrissent les droits.
En vain les vieux décrets et les antiques lois
(Repoussaient vers la nuit la justice insurgée,
La révolte eut raison des coupables pouvoirs:
Dans un air saturé de poussière et de poudre,
Devant les seuils tout à coup clairs des palais noirs,
Elle agitait, dardait et projetait sa foudre
Et, n'eût été son trop sauvage et fol élan
Qui soulevait ses bonds sans diriger leur force,
Elle eût tué d'un coup le vieux monde branlant
Gomme un arbre qu'on brûle à travers son écorce.

Depuis lors, la révolte habite et vit en nous;
Et nous chauffe le cœur avec sa sourde flamme;
Ceux mêmes qui la maudissent l'ont dans leur âme
Et se sentent jetés par son grand geste fou
Hors de leur sûr repos et de leurs vieux usages.
Et voici que s'élève afin de l'attester
Comme une heureuse et vivace nécessité
Jusqu'au cri des savants qui dissèquent les âges,
Si bien qu'elle apparaît dans le vieil Occident
La flamme qu'on redoute ou le feu qu'on attend
Et qui retrempe au torrent d'or des incendies
La boiteuse équité mourante et refroidie.

Rente et travail, lutte et pouvoir, haine et amour;
Détresse, orgueil; assauts, reculs; chutes, victoires;
Comme vibre notre heure et frissonnent nos jours
De vos rythmes contradictoires!

La ville vous écoute et vit de vos ardeurs
Des blocs de ses pavés aux frontons de ses faîtes,
Elle sonne et tressaille, et ses deuils et ses fêtes
Et ses drapeaux flottants sont pleins de vos fureurs.
Elle est si vieille, elle a tant vu souffrir la vie
En sa rage foulée et sa force asservie
Qu'elle distingue et suit tout geste même obscur

Vers le futur,
Et qu'elle veut à travers tout, fût-ce contre elle,
Fût-ce contre ses Dieux, sa gloire et son passé,
D'âge en âge, tragiquement, s'électriser
D'une âme dangereuse, éclatante et nouvelle.

LE PEUPLE

Tonnante,
La fête s'annonçait, dès le matin, là-bas.
Comme en un brusque branle-bas,
Mille mains rapides et frissonnantes
Ornaient encor
D'argent et d'or
Le moyen d'une roue ou le timon d'un char.
Près des remparts
Où se massaient dans les allées
Les hauts soldats aux tuniques bariolées,
Les chevaux hennissaient du côté de la mer.

Sous un hangar de verre et fer,
S'illuminaient et les pennons et les bannières,
Et le soleil, entrant par les vitraux,
Faisait comme des bonds de lumière,
Sur les drapeaux.

Et plus loin, du côté des bassins et du port,
Tous les navires
Hissaient leurs pavillons et pavoisaient leur bord,
Et, doucement,
Leurs cordages vibraient au vent
Comme des lyres.

Et puis là-bas, plus loin encor,
De quartier en paroisse, et de rue en impasse,
Les murs allègrement portaient des dédicaces.
On travaillait au ras du sol et sur les toits,
Dans un enmêlement de gestes et de voix,
Avec la bière ardente et claire
Comme auxiliaire,
On travaillait partout—entrain, hâte, gaieté—
Si bien qu'à ses confins la grouillante cité
Semblait brûler déjà et de fièvre et d'audace,

Avant que l'ample joie incendiât les places.

Or, à cette heure, en sa maison,
Celui pour qui battaient à l'unisson
Tant de cœurs doux, naïfs et rudes,
Etudiait comme un secret,
Quelle parole, il jetterait
A la rouge et chantante et folle multitude.
Il lui fut autrefois appui, guide, conseil;
Il inventait les mots pour les mornes détresses.
Mais quel geste trouver pour bercer les ivresses
Et les tressaillements d'un triomphal réveil?

Comme à l'éparpillée,
Les cent cloches mêlant leurs voix multipliées,
À la fête tonnante au loin, sur les remparts,
S'interpellaient et babillaient de toutes parts,

Dans l'air de flamme;
Quand tout à coup, de large en long,
Balla le lourd et violent bourdon,
De Notre-Dame.

Dès ce moment,
Sinueuses comme un embrasement,
Du coin des carrefours et du fond des ruelles,
Vers leur tribun déconcerté,
Se mirent à s'orienter
Les foules éternelles.

Du centre d'un marché,
Où de grands arcs empanachés
Dardaient à leur fronton un millier d'oriflammes,
Partit un chœur de femmes,
Au col puissant, aux larges seins,
Et dont les mains
Soulevaient leurs enfants, très haut, droit devant elles,
Afin d'unir

Les gestes clairs de l'avenir
A la fête torrentielle.
Et les bourgerons bleus et les tabliers noirs

Envahissaient les longs trottoirs,
Et les grilles des gymnases et des lycées
Cédaient gaiement sous la poussée
Jeune et franche des écoliers.
Ceux des docks, des arsenaux, des ateliers
Précipitaient leur multitude ardente et drue
De rue en rue.

Et tout cela montait, montait,
Du fond des carrefours, au long des avenues:
On aurait cru parfois que les murs éclataient
Sous cette marche énorme et continue;
Et les portes, les fenêtres et les balcons,
Peuplés de bras tendus, bruyants de cris tenaces,
Suivaient le mouvement trépidant et profond
Qui emportait, vague à vague, toute la masse
Tasser ses blocs humains au cœur de la grande place.

Celui qui triomphait
Attendait là, sur les terrasses,
L'esprit flottant toujours de projet en projet.

Aussi longtemps qu'il fut vraiment le maître,
La ville et sa détresse avaient grandi son être,
Mais aujourd'hui,
Tant d'appels inconnus se projetaient vers lui,
Qu'ils chaviraient son âme.

Sous les midis d'été criblés d'or et de flamme
Tout le peuple debout,
Avec des cris jaillis, avec des gestes fous,
Lui submergeait le cœur de ses vagues de joie;
La fête le domptait; il devenait sa proie;
Il la voyait grossir encor, grossir toujours
Et comme soulever les maisons et les tours,
Pour entraîner soudain en ses transports fébriles
Jusqu'à l'entêtement des choses immobiles;
Et tout au loin il regardait la vaste mer
Pousser vers lui l'élan compact de sa marée
Et se joindre, elle aussi, aux foules enivrées
Avec sa houle et son vent large et ses flots verts.

L'orgueil était trop faible et trop pauvre en son torse,

Pour qu'il fît siens d'un coup ces grands rythmes de force,
Si bien que, ne songeant qu'aux maux qu'il affronta,
Comme jadis, aux temps mauvais, il sanglota.

Un brusque arrêt se fit dans le vol des pensées;
L'allégresse sentit sa fureur menacée;
En un instant, céda le lien aux longs fils d'or
Qui maintenait la ville et son tribun d'accord.
Les merveilleux remous de folie et de flamme
Effleurèrent son corps sans pénétrer son âme;
Ils l'atteignaient pour le brûler de leur ardeur,
Et ne trouvaient que cendre au foyer de son cœur;
Sa force à lui ne s'était point élucidée;
Il n'était l'homme, hélas! que d'une seule idée.

Et la fête reprit plus rouge et rebondit
D'un plus géant essor encor, par-dessus lui.

LA PRIÈRE

Que bondisse soudain mon âme aventurière
Vers l'avenir,
Et tout à coup je sens encor,
Comme au temps de l'enfance, au'fond de moi, frémir
L'aile qui dort
Des anciennes prières.

D'autres phrases et d'autres mots sont murmurés,
Mais le vieux rythme avec ses cris est demeuré,
Après combien de jours, le même;
Les temps l'ont imprimé aux sursauts de mon cœur,
Dès que je suis allègre et violent d'ardeur,
Et que je sens combien je m'aime.

O l'antique foyer dont survit l'étincelle!
O prière debout! O prière nouvelle!
Futur, vous m'exaltez comme autrefois mon Dieu,
Vous aussi dominez l'heure et l'âge où nous sommes,
Mais vous, du moins, un jour, vous deviendrez les hommes
Et serez leur esprit, leur front, leur bras, leurs yeux.

Dussiez-vous être moins que ne le veut mon rêve,
Que m'importe, si chaque fois
Que mon ardeur vous entrevoit
Elle s'attise et se relève.

Dès aujourd'hui mon cœur se sent d'accord
Avec vos cris et vos transports,
Hommes d'alors
Quand vous serez vraiment les maîtres de la terre.
Et c'est du fond du présent dur
Que je dédie à votre orgueil futur
Mon téméraire amour et son feu solitaire.

Je ne suis point de ceux
Dont le passé doux et pieux
Tranquillise l'âme modeste;
La lutte et ses périls font se tendre mon corps,

Vers le toujours vivace et renaissant effort,
Et je ne puis songer à limiter mes gestes
Aux seuls gestes qu'ont faits les morts.

J'aime la violente et terrible atmosphère
Où tout esprit se meut, en notre temps, sur terre,
Et les essais, et les combats, et les labeurs
D'autant plus téméraires,
Qu'ils n'ont pour feux qui les éclairent
Que des lueurs.

Dites, trouver sa joie à se grandir soi-même,
En ces heures ou de ferveur ou d'anathème
Lorsque l'âme angoissée est plus haute qu'aux jours
D'uniforme croyance et de paisible amour;
Dites, aimer l'élan, qui refoule les doutes,
Dites, avoir la peur de s'attarder en route,
Et de n'être vaillant assez pour faire accueil
Au jeune, alerte et dangereux orgueil.

Dites, vouer à tous son verbe autoritaire,
Qu'admirera peut-être et chantera la terre
Quand elle en comprendra la fervente âpreté;
Donner un sens divin aux passions humaines
Pour que leurs nœuds formidables fassent les chaînes
Qui relient l'avenir, avec témérité,
Au présent déjà surmonté.

Dites, ne reculer que pour bondir plus fort,
Au rebours de l'habitude qui est la mort;
Savoir que d'autres mains imposeront la gloire
Au front encor voilé des finales victoires,
Que le geste qu'on fait n'est point pour notre temps,
Mais le faire quand même avec un cœur battant;
Aimer toute œuvre où s'ébauchent les destinées
Et pour les jours où reviendraient l'ombre et l'effroi,
Nourrir toujours, armer toujours, au fond de soi,
Une confiance acharnée.

Et guetter l'heure où les soirs d'or,
Réveillent, doucement, la belle aile qui dort
Des prières profondes
Pour imprimer l'élan à la nouvelle foi,
Qui fait du monde l'homme et de l'homme le monde,

Et lentement s'impose et se condense en loi.

LE NAVIRE

Nous avancions, tranquillement, sous les étoiles;
La lune oblique errait autour du vaisseau clair,
Et l'étagement blanc des vergues et des voiles
Projetait sa grande ombre au large sur la mer.

La froide pureté de la nuit embrasée
Scintillait dans l'espace et frissonnait sur l'eau;
On voyait circuler la grande Ourse et Persée
Comme en des cirques d'ombre éclatante, là-haut.

Dans le mât d'artimon et le mât de misaine,
De l'arrière à l'avant où se dardaient les feux,
Des ordres, nets et continus comme des chaînes,
Se transmettaient soudain et se nouaient entre eux.

Chaque geste servait à quelque autre plus large
Et lui vouait l'instant de son utile ardeur,
Et la vague portant la carène et sa charge
Leur donnait pour support sa lucide splendeur.

La belle immensité exaltait la gabarre,
Dont l'étrave marquait les flots d'un long chemin,
L'homme, qui maintenait à contre-vent la barre,
Sentait vibrer tout le navire entre ses mains.

Il tanguait sur l'effroi, la mort et les abîmes,
D'accord avec chaque astre et chaque volonté,
Et, maîtrisant ainsi les forces unanimes,
Semblait dompter et s asservir l'éternité.